MA DENT NE VEUT PAS TOMBER!

Robert Munsch

illustrations de
Michael Martchenko

Texte français de
Christiane Duchesne

Les éditions Scholastic

Les illustrations de ce livre
ont été réalisée à l'aquarelle sur du carton à dessin Crescent.

La conception graphique de ce livre a été faite en QuarkXPress,
en caractère Hiroshige Medium de 18 points.

Données de catalogage avant publication (Canada)
Munsch, Robert N., 1945-
[Andrew's loose tooth. Français]
Ma dent ne veut pas tomber!

Traduction de: Andrew's loose tooth.
ISBN 0-590-12436-6

I. Martchenko, Michael. II. Duchesne, Christiane, 1949-
III. Titre : Andrew's loose tooth. Français.

PS8576.U575A8314 1998 jC813'.54 C97-931715-0
PZ23.M87Ma 1997

Édition publiée par Les éditions Scholastic, 175 Hillmount Road, Markham (Ontario) L6C 1Z7.

6 5 4   Imprimé au Canada   2 3 4 5 / 0

André s'installe pour déjeuner et il voit trois grosses pommes rouges au centre de la table. Elles lui semblent si appétissantes qu'il décide d'en croquer une, même si une de ses dents bouge beaucoup.

Il tend la main, prend une pomme, la frotte sur son tee-shirt pour la faire briller, croque une bouchée et hurle : «*Aïe!*»

— Maman, maman! Fais quelque chose! Ma dent me fait trop mal! Je ne peux pas manger ma pomme.

Sa mère lui fait ouvrir la bouche et regarde à l'intérieur.

— Oh! Oh, oh... , dit-elle. Cette dent bouge. Laisse-moi faire.

Elle prend la dent à deux mains et tire aussi fort qu'elle le peut. Mais la dent résiste.

— Oh, André! dit-elle. Cette dent n'est pas prête à tomber. Prends plutôt une autre pomme.

André tend la main,
prend une pomme,
la frotte sur son tee-shirt
pour la faire briller,
croque une
bouchée
et hurle : «**Aïe!**»

— Papa, papa! Fais quelque chose! Ma dent me fait trop mal! Je ne peux pas manger ma pomme.

Son père lui fait ouvrir la bouche et regarde à l'intérieur.

— Oh! Oh, oh... , dit-il. Cette dent bouge. Laisse-moi faire.

Il va chercher des pinces. Il agrippe la dent. Puis, il appuie son pied sur le nez d'André et tire aussi fort qu'il le peut. Mais la dent résiste.

— Oh, André! dit-il. Cette dent est bien accrochée. Prends plutôt une autre pomme.

André tend la main,
prend une pomme,
la frotte sur son tee-shirt
pour la faire briller,
croque une
bouchée
et hurle : « Aïe! »

— Papa, maman! Faites quelque chose.
Ma dent me fait trop mal! Je ne peux pas
manger ma pomme.

Alors, ils appellent le dentiste.

Le dentiste arrive dans une voiture noire toute brillante. Il ouvre la bouche d'André et regarde à l'intérieur.

— Oh! Oh, oh... , s'écrie-t-il. Cette dent bouge. Laissez-moi faire.

Il prend une longue corde et l'attache à
la dent d'André.

— Je sais ce que vous allez faire! dit
André. Je sais ce que vous allez faire!
Vous allez attacher la corde à la porte et
vous allez la fermer très fort.

— Pas du tout, répond le dentiste.
Je vais l'attacher à ma voiture.

Il noue l'extrémité de la corde à sa voiture et démarre aussi vite qu'il le peut. Mais, à l'autre bout de la corde, la voiture tombe en morceaux. Le dentiste se retrouve debout, le volant dans les mains.

— Cette dent ne tombera jamais, disent le père d'André, la mère d'André et le dentiste. Tu ne peux tout simplement pas manger ton déjeuner.

André s'assoit, très triste, dans le jardin devant la maison. Passe alors Louis, son meilleur ami.

— Qu'est-ce qui ne va pas? demande Louis.

— Oh! répond André, ma mère n'arrive pas à arracher ma dent, mon père n'arrive pas à arracher ma dent, le dentiste n'arrive pas à arracher ma dent. Et je ne peux pas manger mon déjeuner.

— Oh! Oh, oh... , dit Louis. Laisse-moi faire.

Louis entre dans la maison et téléphone à la Fée des dents. Elle arrive aussitôt, montée sur une énorme motocyclette.

André regarde la Fée.

— Si vous croyez pouvoir utiliser votre moto pour arracher ma dent, vous vous trompez.

— Tu me prends pour qui? dit la Fée des dents. Pour un dentiste?

Elle empoigne la dent d'une main, mais
la dent résiste. Elle empoigne la dent à
deux mains, mais la dent résiste. Elle sort
alors un gros marteau de sa motocyclette
et frappe la dent d'André. Le marteau se
casse en deux morceaux, mais la dent
résiste toujours.

— Incroyable! s'exclame la Fée. C'est la
première fois que cela m'arrive. Je pense
que tu ferais mieux de ne pas manger ton
déjeuner...

— Minute! dit Louis. J'ai une idée.

Louis va dans la maison chercher la poivrière. Il pousse la tête d'André vers l'arrière et lui poivre le nez.

—Ah...
ahh...
ahhhh...
atchouuuuuu!

fait André.

... et sa dent s'envole à l'autre bout de la ville.

En fin de compte, la Fée des dents a eu sa dent!